# 봄날의 길

최갑연 시집

시음사
시사랑음악사랑

## 시인의 말

가끔 어디로 가고 있는지 시간의 정체성이 궁금할 때가 있습니다. 많은 시간이 흐른 뒤에 돌아보고 후회를 하지 않는 삶을 살기 위해 모든 사람들은 생존 규칙을 정해놓고 더불어 사는 세상 속에서 아름다움을 추구하고 살고 있지만, 삶의 굴레 속에는 하나의 작품을 연출해 내는 주연과 조연 사이를 오가며 하루에도 수십 번씩 무대 위를 오르내리는 우리들이 만드는 시간 속에 하나의 작품이 만들어진다는 것을 중년이 된 후에 알았습니다.

최갑연의 첫 시집을 출간하면서 어색하고 서툰 몸짓으로 간신히 일어서는 제게 용기를 주신 대한문인협회 김락호 이사장님을 비롯하여 여러 문우님들께 인사드리며 잊지 않고 격려해 주시고 늘 함께해 주신 독자님들께 머리 숙여 감사 인사를 드립니다.

소중한 세상에서 살아가는 하나로도 벅차고 감사한 일인데 함께 나눌 수 있다는 기쁨이 가슴을 뛰게 합니다.

이제는 많은 의미와 가치가 살아 숨 쉬는 우리들의 삶 속에 이야기들을 가슴에 담아 묻어두기엔 아름다운 것들이 많아 시 속에 담아보았습니다.

걷다가 지치고 힘이 들어도 세상에 머무는 그 순간까지 독자님들께 감사하며 함께 동행 하는 시인으로 살아가겠습니다.
감사드립니다.

시인 최갑연

# ✳ 목차 ✳

# ✳ 목차 ✳

# ✳ 목차 ✳

QR 코드
스마트폰으로 QR 코드를 스캔하면
시낭송을 감상할 수 있습니다.

제목 : 그리운 첫사랑
시낭송 : 박영애

# 믿는 마음

새벽이 따사로워지고
지저귀는 새들 노랫소리는
청명하게 집안 뜨락을
환하게 밝혀주는 아침이다

하루를 맞이함에
감사함을 느끼고
하루를 보낼 생각에
이맛살을 찌푸리는 여름날

먼 곳에 있어도
늘 그립고 애타는 사람
넘어져도 다시 일어나서
힘차게 걷는 모습이 더 아프다

박 덩굴 휘감듯
나와의 인연 맺고
유리알 속 같은 사랑으로
너를 믿는 마음이 있어 가능하다

# 친구

늘 푸른 소나무처럼
오랜 침묵 함께 하며
항상 변치 않는 모습으로
그 자리를 지켜주는 너

수십 년이 흐른 뒤
흰 머리에 주름이 생겨도
물장구치던 어린 시절
해 맑은 모습으로 다가오는 너

조잘대는 모습이
예뻐서 서로를 보고 웃고
넓은 마음에 창가에
잘 되기를 기도해 주는 우리

# 8월

넌 그렇게
열정적으로 쏟아내며
온 힘을 다해
나에게로 다가오지만
서로 다른 모습에
성격으로 인해
상처만 준 거 같구나
그렇게 빛나는 눈망울로
반짝이며 다가오는 널
여유로운 마음으로
받아주질 못하고
떠나보내야 한다는
애절함이 맺혀
가슴이 뭉클해지는구나
8월아 미안해
내년엔 푸른 잎 베개 삼아
손잡고 거닐 수 있는
징검다리 만들고
너를 기다릴게

다가오는 너에, 모습이
싫지만은 않았어.

# 꽃잎 책갈피

내리쬐는 여름빛에
연초록 잎이 생채기 날까
꽃잎 그늘막이가 되고
커다란 뜨락을 만들어 주었다

고운 뜨락에
소나기가 스치더니
향기로운 꽃향기 대신
소독 냄새로 영혼의 빛을 띠고 있다

소녀 책장 사이사이에
고이 끼워놓은 꽃잎 하나
십일 년이 흘러 버린
지금도 옛 모습 그대로 향기가 있다

아주 오래전에
먼 길을 떠나고 없지만
지고 난 꽃잎은
그리움을 채워 고운 꽃잎이 되었다.

# 돌멩이

산기슭 비탈길
발로 차이고 상처 입고
울음을 참으며
내려오는 길 소낙비를 만난다.

긴 언덕 아래로
데굴데굴 굴러가면서
원망을 하지 않고
꿋꿋하게 잘 버티고 일어선다.

곱게 빚은 수석 가에
거친 손에 잡혀
곱게 성형을 하고
분칠을 한 후 무대에 오른다.

예쁘게 다듬어진
내 모습이 아름답긴 하지만
거친 발걸음에 차여도
돌멩이는 돌멩이답게 사는 게 좋다

# 먹다 남은 꽁치찌개

굵직하게 반달 모양으로
무도 썰어 넣고
바다 향 깊은 육수에
꽁치 두 마리를 잠수시킨다

얼떨결에 빠져버린
꽁치들과 전쟁
매운 고춧가루에 샤워하고
구수한 조림으로 등장을 한다.

어린 아들의 해맑은 미소에
살점은 사라져 버린
먹다 남은 꽁치찌개는
어머니만 좋아하는 특별식이다.

# 당신이 최고

비단 같은 마음결
바라보기만 해도 좋았지
너나들이 사이로 만나
가시버시 된 언 삼십 년

돈은 별처럼
유일하게 하나만 빛나고
애옥살이 힘겨워도
애면글면하는 모습에 애가 타네

작은 일에 서운해하고
푸념에 해윰이 많아도
내 부족한 빈자리
채워주는 당신이 최고라네

# 말복

드높은 하늘이
거침없이 날갯짓하며
무성한 푸성귀가
나풀거리며 노래한다.

골목을 휘젓는
진한 향기에 취해
손목을 잡으니
정열적인 여인이로세

머릿속까지
달아올라
젖어 내리는 물기에
뜨겁던 사랑에 입맞춤한다

영양 풍부한
삼계탕 한 그릇에
달아오르는 오후
말복 너 참 화끈 하구나

# 소나무

수십 년 동안
양팔을 벌려 보듬고
온몸으로 지탱하면서
일상이 된 상처

홀연히 떠나버리는
사람들의 품에서
외로움조차
느끼지 못하며 산다.

영혼까지 담아
일생을 살아가지만
상처와 외로움을
드러내지 않고 살 뿐이더라

푸른 잎을 반짝이며
당당하게 자리를 지키고
절벽 끝에서 지킨 꿈
정상에 오른 자리에서도 변함없으리라

# 낙엽

찬바람 채 가시기 전
먼 기적소리
들을 수 있으려나
외로운 마음 허공에 맴도네

스치는 바람결에
세상을 날갯짓해도
홀로 남아 있는
빈 철길에 허무함 어이 채우나

간절한 이 마음은
기차는 알까
애타게 기다리다
갈바람 불면 떠나려 함을

기다릴 수 있는 철길에서
평생을 그리워하다
이제는 떠나려네.
창공 위를 날고픈 마음에

# 내 이름은 솔릭

널 처음 보는 순간
심장이 조바심 나고
떨려오더니
눈시울이 뜨거워졌다

강한 눈동자가
매섭게 내리 쏘아보며
뒷걸음치는
내 모습을 잡아끈다.

허리춤 사이로
세차게 끌어안아
꼼짝 못 하게 해버리고
긴 머릿결을 쓰다듬어 내린다.

호흡하기 힘든 순간
영혼까지 집어삼킬 듯
개성 있는 모습으로
내 이름은 솔릭이란다.

# 오해

매서운 겨울 추위처럼
차갑고 몸서리친다.
아무런 이유를
알지 못하고 눈치만 보고 있다

스며드는 물결이
점점 고인물이 되고
열기가 올라
생각이 깊이가 짧아진다.

머뭇거리는 찰나에
부드러운 잎이 되어
감싸 안고 어루만져주며
힘들었지 말에 오해는 풀린다.

# 장미

화사하고 예뻐
나도 그 길을 따라가면
좋은 일이 생길 듯한
기분 좋은 예감이 든다.

푸른 레이스에
빨강 립스틱이
유난히 잘 어울리는 몸짓
당당함이 마음에 들었지

현실 속에 그녀는
화려하고 당당함 속에
모진 고난도 감내하는
가시 같은 강렬함이 묻히고

눈으로 보이는 게
전부가 아니라는 것을
새삼 깨닫게 되는 날
깊은 상처를 감싸주고 싶다

# 눈물

몸이 지치듯
기운이 빠져버리고
무거운 눈가에
떨림에 아늑한 소리

목이 메어 오고
커다란 두 눈에
촉촉이 젖어 들어
한없는 설움을 토해낸다

참아왔던 긴 시간
아팠던 순간순간이
주마등처럼 떠올라
빗줄기처럼 눈물이 흐른다.

# 빨간색

연분홍 꽃잎이 휘날리는
춘삼월에 봄날은
왠지 연한 빛 색깔이
어울릴 거 같은 느낌이 든다

너무나 정확한 색을
가지고 있어서
때론 부담스럽기도 하지만
퇴색되지 않는 한 문제는 없다

길가 모퉁이
바람에 이는 빗물에 흔적이
내 몸이 젖어 들지만
본향에 색깔은 변하지 않는다

정열적인 확실함과
쉽게 변하지 않는 깊은 마음을
온 세상에 알리고 싶은
빨간색에 매력에 빠진다.

# 네일아트

순박한 시골 소녀는
도회 지속 그림 속에
두려움을 담고
조심스럽게 시작한다.

온몸을 갈아내듯
아픈 상처를 받고
라인을 잡아 성형하고
곱게 꽃단장을 한다

연초록 잎에
화사한 꽃이 피듯
투박했던 내 모습이
아름답고 빛나고 있었다.

# 적당히

관심 좀 두면 했는데
너무 집착하고
따지는 시간이 많으니
적당히 가 좋은 것 같다

비가 좀 왔으면
간절히 바랄 때도
있었는데
적당히 가 좋은 것 같다

가을꽃향기 좋아서
온갖 꽃들을
방안에 가득 채웠는데
적당히 가 좋은 것 같다

# 바비인형

온몸이 타들어 가는
유산소 운동
가뿐 해지며
숨이 가쁘게 달아오른다.

까르보나라 한 접시
영혼을 휘감듯
연출하지만
모든 인내력을 총동원한다

화려한 예술의 전당
막이 오르고
전통의상으로 뽐내며
바비 전시회가 시작된다

# 후회

새벽 찬 바람에
마른 가지 부여잡고
몸부림을 치며
떨어지기 싫어하는 간절함

애가 타서
점점 짙은 색으로
변해가는
자신에 모습은 돌아보질 못하고

떨리는 눈꺼풀에
흐르는 눈물을 담아
양손을 꽉 끌어안고
떨어지지 않으려고 발버둥 친다.

툭
떨어지는 순간
모든 것을 내려놓고
발버둥 치던 시간이 내게 온다면

# 등대지기

배시시 웃는 모습으로
나를 유혹하고
바라볼 때마다
덩달아 미소를 짓게 된다

보드라운 살결에
해맑은 순수함이
곁에 두고픈 욕심을
채워 버리지 못하고 잡는다.

한없이 바라보며
지켜주는 등대처럼
끝없이 넓은 바다를 향하여
지켜주고 싶은 사랑이 보인다.

바람 찬 계절에는
시린 발 어루만져 주며
보기만 해도 아까울 만큼
너무 사랑스러운 우리 아들

# 인생 일주

머물렀던 자리를
잠시 일탈하고
인생 일주를
마음과 함께 떠난다.

서릿발이 내리는 겨울
연민의 정에 끌어
나도 모르는 방황이
시간 속에 깊이 묻히고 있다

산등성이를 지나
도회지 한복판을 서성이며
여행의 끝을 보며
연속적인 갈등을 하고 있다

마음에 상처는 싫고
머문 자리 소중함을
뒤늦게 깨닫고
인생 일주를 마치려 한다.

# 돌하르방

삼다도라 불리는
제주에 도착하니
신사 같은 모습에
사내에 눈빛에 빠져든다.

햇살처럼
고운 빛은 없지만
나름 정이 가는 표정에
커다란 코를 살짝 만져본다

동행하던 벗이
곧 아들 낳겠다며
우스갯소리로
사내와 인연을 맺게 해준다.

오메기떡 한입 물고
투박한 두 손 잡고
첫눈에 반해
새로운 동거가 시작되었다.

# 일탈

파도가 휘감아
몰아치는 듯
순식간에 마음이 변하여
목적 없는 여행길에 오른다.

소슬바람 언덕에
갈색 바바리 옷자락 맵시
마음에 갈피를 못 잡고
멍하니 바라보다 멈칫한다

하루쯤
이런 설레는 마음
그 속에 빠져
세상 속에 일탈을 하려 한다

# 독도의 들꽃

괭이갈매기 노랫소리
황망한 바다 끝자락
애국하는 마음으로
간절한 소망의 꽃 피우리라

화산암 틈새로
여린 몸 숨죽이고
세상 소식 궁금하여
애달픔에 잎새를 피우고

참나리꽃 벗 삼아
뱃머리에 오가는 나의 동지여
외롭고 슬퍼도
나는 대한민국의 꽃이로다

# 우산

레드 빛 지붕에
넓은 초원에 뜰이 보이고
나풀거리는 원피스
수줍은 듯 여린 소녀도 보인다.

후드득 내리는 빗소리에
몸을 움츠리지만
든든한 보금자리에
두 손만 꼭 잡고 서 있다

외로움에 지친 날
내 고운 뜨락에
여린 소녀가 뛰어 들어와
하나 아닌 둘이 걷고 있었다.

# 내가 웃을 수 있을 때

길모퉁이 돌아서
하얀 집이 보일 때면
마음에 든든함에
빠른 걸음을 재촉한다

문밖까지 들리는
남매에 웃음소리에
지친 등짐을 내려놓고
조각배 강물에 띄운다

어두운 터널에서도
편안했던 마음은
내가 웃을 수 있을 때
우리 가족이 행복하기 때문이다

# 물 흐르듯

굽이굽이 흐르다
돌부리에 차여도
고기떼들 간지럽혀도
유유히 아무 말 없이 지나간다.

한바탕에 폭우에
쓰린 가슴을 움켜쥐고
재빠르게 떠나지만
마음 한편이 허전해 온다

수많은 인파 속에
서러움과 복잡함으로
엉키고 설키어
여름을 이겨내고 인내했다

갈색 계절 가을
잠시 내려놓고
보듬어가며 살아가 보자
물 흐르듯이 말이다

# 갱년기

폭우가 쏟아진다.
갑자기 뜨거운 열기에
대지가 달아오르더니
힘차게 쏟아붓는다.

갈라진 대지에
빗물이 채워지고
기운을 잃은 뿌리가
통째로 쓰러지는 순간이다

흔들리는 나뭇가지
바람에 축 처지고
애처로운 모습으로
빗줄기 속에 열기를 식혀준다

폭우가 머물고 간 자리
맑은 하늘빛에
언제 그랬냐는 듯이
푸른 초원에도 나비는 날고 있다

# 물음표

소식이 궁금하여
몇 번이고 되묻고
다시 생각하는
그리운 사람 하나 있었지

손잡을 듯
애가 타는 마음으로
가뭄에 비를 기다리듯
간절하게 그리워하는

하늬바람 불어올 때
긴 머리 휘날리며
꽃향기 안고
내게로 올 거 같았던 사람

가을은 다시 찾아왔는데
희미한 그림자만
내게는 가득한 그리움
정녕 내게 오시려는 걸까?

# 9월

12달의 기다림
재회를 할 수 있기에
늘 변함없이 있지만
하루의 시간이 조급해진다.

시한부 삶처럼
너를 사랑하고도
벼랑 끝에 서 있는 듯
아쉬움이 가득 차올랐다.

시월이 오던 어느 날
너는 화사한 눈빛으로
곱게 물들인 옷을 입고
다독이며 12달 여행길에 올랐다

# 목침

멋없이 툭툭하다
시간이 갈수록
빈 허물만 남고
좀처럼 매력은 찾을 수 없다

시간을 되돌릴 수 있으면
몇십 년 후 그때
물오른 나무뿌리에
생기 같은 활기찬 모습이 그립다

은근히 다가오는
매혹적인 눈빛에 사로잡혀
머리를 기대어 보며
세상에서 가장 편한 당신이구나.

# 돛단배 사랑

작고 볼품은 없지만
그리움으로
찾아 헤매는
간절한 마음은 하나이다.

넓은 바닷가
수많은 뭇사람들 시선
가슴에 와 닿는
사랑은 나에게 없었다.

먼발치에서
나를 지켜주는 등대
너에 대한 나에 그리움은
단 하나의 사랑이었다.

# 바람꽃 인생

안갯속에
희미한 그림자처럼
모든 이에게
사랑을 주는 꽃

마음을 주고픈
한 사람을 위해
그리움 담아
다가선 그날

시월에 어느 날
소리 없이 꽃이 피었다

# 일탈

검정 고무신
기찻길 만들고
새금 파리로 시집을 가고
그때 일을 더듬어 보고

박꽃 열리듯
환한 미소 머금고
재잘대며
밤이 지새는 줄 모른다

코흘리개 친구가
든든한 변호사가 되고
정오를 넘겨도
벨 소리도 울리지 않는다.

귀뚜라미도 졸고 있는
새벽이슬을 머금고
현란한 음악에 빠져
나이트 무대 위에 온몸을 던진다.

# 대전 나들이

여러 번 들어본 이름
낯설지 않아도
처음 내 발길이
그곳에 닿아 뛰어다닐 곳

설렘에
잠이 안 오고
긴장을 하며
밤잠을 설치기 시작한다

손가락 꼽던 날
바로 오늘
방망이질을 하는 가슴이
멈출 줄 모른다.

기다리던 시인님들
얼마나 훌륭한 모습일까
기대하며 떠나는
나에 첫 대전 나들이

# 계절은 내 안에 꽃을 피우고

내 옷장에
제일 예쁜 옷을 입고
설렘이 가득한
가슴이 달음박질한다

잠 못 이룬 밤
김밥에 정성을 다해
들뜬 기분으로
두 손을 잡는다.

긴 머리 휘날리듯
갈대의 치맛자락도
바람에 날리고
가을맞이 나들이를 한다.

호탕하게
웃는 남편과 아이들
그 속에 피어나는 꽃
계절에 꽃 중 제일이더라.

# 빗물이 우산 속에 스며들 때

황색 점멸등이
숨 가쁘게 달려오고
어둠을 밝히는
가로등 불빛 사이로

굵어진 빗줄기에
힘찬 호흡소리는
금방이라도 멈출 듯
솜방망이 질을 해댄다

스며드는 흙길에
촉촉함처럼
두 손을 잡고
흐느끼는 둘만의 신호음

스며드는 빗물은
비가 그친 뒤에도
뜨거운 열정으로
우산 속사랑이 이루어진다.

# 가을 아침

옛 추억이 그리운
풀벌레 노랫소리에
마음 가는 대로
걷다가 발길을 멈춘다.

갈대꽃 사이로
수줍은 듯 미소 짓는
자그마한 소녀가
부르는 가을의 노래

높게 오르는
창공으로 울려 퍼지는
가을 아침에 전주곡은
겨울을 맞이하는 합창이었다

# 막내아들 생일날

가을빛이 아름답던 날
널 품에 안고
사시나무 떨듯
애지중지 안아 주었지

옹알이 노랫소리에
첫발을 세상에 내놓을 때
입꼬리가 귀에 걸려
내려오질 못했었어

물 흐르듯
정처 없이 흐르는 시간
커다란 덩치에
나를 안아주는 버팀목

안쓰러울 만큼
고맙고 감사한 아들
살면서 가장 축복받는 날
함께라서 참 좋구나

# 파도의 첫사랑

일렁이는 파도가
가슴에 앉아
첫사랑 이야기로
바다 끝을 향해 질주한다.

끊임없이
펼쳐지는 수평선
한 편에 영화처럼
파도는 연출을 한다.

저물녘 돌아와도
반겨주는
부표 같은 밝은 달은
설레며 기다린 첫사랑

# 시험

조여 오는 숨통을
간신이 잡아 올려
안심을 시켜 놓고
시험장 문을 열어 본다

침묵 속에
흐르는 고요함은
숨소리조차
죄수가 될 만큼 초초하다

심장이 터질듯한
초의 긴장 시간
저장해놓은
기억이 희미해질까 두렵다

가슴 두근거림
어두운 터널이 지나고
밝은 빛이 보이는 순간
시험시간 막을 내린다.

# 산다는 것은

함께 웃으며
소식을 전하고
미래도 약속해놓고
아무 일도 없을 듯 산다.

영화 신과 함께
영혼이 죽어
다시 환상을 할 수 있는지
풀어지지 않는 숙제

늘 그랬듯이
해는 기울어 가고
오늘 하루 종종걸음치며
뒤돌아보니 흔적은 없다

더불어 살다가
혼자 가는 인생길
주고받았던 정도 뿌리치고
부고 소식에 불안해진다

# 중독성

억만장자가 되고 싶다
하늘 높이만큼
치솟는 욕심에 휘말려
거대한 사업가의 꿈에
시달리는 먹이사슬이 되었다
빠져나갈 수 없는
내 가슴에 욕망들을
채우기도 전에
나는 알고 있었다.
마약에 취한 것만
중독이 되는 것 아니라
내 삶이 중독되어 가고 있다는 것을

# 참 예쁜 친구 들꽃

마알간 하늘가에
예쁜 친구에
얼굴이 보인다.

새초롬한 모습에
언제나 당당하고
멋스러운 친구

늘 자신 있어 보이지만
가련한 모습이
커다란 가슴 뒤에
꼭 숨어 숨 쉬고 있다

안쓰러워 다가서면
오히려 나를
안아주고 있는
참 예쁜 친구 들꽃

# 첫눈

잎새의 바스락 소리에
단잠을 깨우고
포근히 감싸 안아
내 곁으로 다가왔다

오랜 기다림
고마웠다고
감사했다고
따뜻한 난로가 되듯

그는 내게
또 그렇게
1년 만에 찾아와서
설레는 가슴에 꽃이 되었다

# 당신의 노랫소리

귓가에 들리는
재잘대는 노랫소리에
한참 귀 기울여
시간을 잡아 놓는다.

한참을 기다려도
들리지 않는 노랫소리에
안절부절못하고
혈압을 올리고 있다

하루 종일 들어도
질리지 않고
멈추면 듣고 싶은 소리
남편의 전화 목소리

# 들꽃

회색빛 콘크리트 바닥에
안간힘을 쓰고
기댈 틈조차 없이
천천히 일어선다.

주위를 돌아보면
향기로운 아름다운 사람들
작은 어깨가 움츠려지고
점점 자신감을 잃어간다

배시시 웃으며
엄마! "이 꽃 참 예쁘지"
아이에 손길에
감동에 눈물이 흐른다.

# 잎이 진다

잎이 진다
거리를 뒹굴다
돌부리에 걸려도
두 팔을 벌려 안아 준다

잎이 진다
사늘한 바람 사이로
서로를 의지하며
가슴에 열기를 토해낸다

잎이 진다
마알간 하늘빛 등지고
마른 가지 벗 삼아
한 때에 추억이 그리워

잎이 진다
지는 순간까지도
온몸을 희생하며
2019년에 도전장을 내민다.

# 등짐을 풀어헤치고

허둥대며 달려와
호락호락하지 못한
삶의 품에 기대어
무게를 싣고 떠난다.

가슴에 닫힌 문을
열어 보지도 못한 채
수십 년을 걷다 보니
발등 사이 흠집이 잡혀 버리고

미련의 알갱이들이
고개를 들면
보일 듯 하지만
수심에 떨며 발버둥 친다.

벅차오르는 오늘을
희망의 새싹을 피우기 위해
등짐을 풀어헤치고
새봄을 기다린다.

# 첫눈

작년에도 그랬다
소리 없이 살포시
문밖에 서성이다
벙어리장갑을 끼워주었지

어설픈 몸짓으로
당신이 참 좋다 하는
달콤한 유혹을 하는
두 손을 뿌리치고

새벽이 가기 전에
사뿐히 내려앉아
귓가에 속삭이는 향기로움에
내 남편의 품이었구나

밤새 눈이 내렸으면 좋겠다.
오늘은

# 모정

먼 여정을
쉼 없이 걷다
지친 몸을 이끌고
딸아이를 안는다.

아이를 품에
꼭 안아 보듬고
안도에 한숨을 쉬고
기억한다

한참 동안
보듬었던 자식인데
머리가 하얗게
탈색되어 버렸다

안개처럼
희미하게 잊혀가도
가슴은 알아주는
애타는 모정

# 바람아 너는 알고 있니

하루 종일 눈이 내리고
그 사이 눈부신 햇살
누굴 닮은 듯한 모습에
한참 넋을 잃고 바라보곤 했지

처마 끝 고드름도
단단한 버팀목 같은
맑은 수정처럼
누군가에 모습이 떠올랐지

누구였을까
눈부신 햇살처럼 밝고
처마 끝 고드름처럼
든든하고 맑은

바람아 너는 아니
창문 틈 사이로 새벽을 열어주는
바람은 아는지
너는 알고 있잖아 남편인 것을

# 달이 되고 싶은 해

무거운 발걸음을 재촉하며
갈증을 해소 못 한 채
뉘엿뉘엿 서산 너머로
걷는 모습이 애처롭다

밝은 모습으로 있으니
마음에 아픔조차 없는 줄
남들은 부러워하지만
촉촉한 이슬에 젖고 싶은 마음

일탈을 꿈꾼다.
내 지금 모습이 아닌
색다른 나를 발견하고
지독한 외로움을 지우고 싶다

오늘 하루만
수 없이

# 해풍

멀리서 손짓하며
날 부르는 소리에
귀 기울이다
발걸음을 재촉한다.

무겁던 마음이
꽃잎처럼 한들한들
바람에 휘날리며
그대 품에 안긴다.

오랜 시간
언덕을 넘어 고개 들고
혼자 기다려주던
애절한 그리움

떠도는 돛단배에
부는 바람마저도
피부에 입맞춤하며
사랑을 고백하는 순간이다

# 머물렀던 자리

새벽 찬 바람이
시간을 잘 보냈는지
인사를 합니다.

한 해가 머물렀던 자리
뒹구는 잎새에
시린 가슴 언저리에

미련을 쥐고
안간힘을 쓰려 하지만
머물렀던 자리조차
돌아보지도 않습니다.

얼마 남지 않은 시간
감사함에 손길로
새롭게 다가오는 날들
내일을 노래합니다.

# 겨울 언덕

뽀얀 치맛자락
차가운 대지 위에
뒹굴뒹굴하며
푸념을 한다

텅 빈 가슴 안고
화려했던 시간
되돌아보며
추억을 노래한다.

바람도 스치고
남은 벗들은
또 다른 봄을
준비하고 있다

# 구멍 난 가슴

얼어붙은 잎새에
방황하는 마음잡고
흐느적거리는
정신을 가다듬는다.

창밖을 누비는
겨울 찬바람에
당당한 자신감이
오늘은 많이 부럽다

나날이 변해가는 시간
빈 술잔 흔들어 보듯
구멍 난 가슴에
공허함을 채워본다

회오리 속에
떠오르는 영상들
잔가지를 흔들며
마음을 위로해본다

# 해오라기

서글픔 목 메임에
한없는 그리움에
흔들리는 일상을 벗어나
해오라기 몸짓을 닮은
사랑하는 님이었다

창처럼 보낸
가슴 치는 회오리를 벗고
여유로이
자연과 닮은 그 사람은
사랑하는 님이었다

# 수줍은 소녀

옹기종기 모여 앉아
활짝 웃는 모습으로
재잘대는 이야기 소리에
단잠을 깨운다

넌 누구니
코끝을 간지럽히고
향긋한 단내로
나를 유혹하는 넌

꽃잎으로 번진
동그랗고 예쁜 눈망울로
핑크빛 입술을 내밀고
내 빈 가슴을 채운다

이름이 뭐니
수줍은 듯 작은 소리로
한참을 바라보다
채 송 화

# 연극인의 하루

봄의 뜨락을
곱게 꽃 피우며
세상 밖으로
물들이는 시간이다

밤새 잠 못 이루고
속절없이 흐르는
시간에 막막함에
마음이 조급해진다

두려움에
떨리는 가슴을 잡고
한참을 망설이다
용기 내서 무대에 오른다.

막이 오르는 시간이다

잘할 수 있을 거라
자신을 다독이며
온 힘을 다하여
관객을 향해 목청을 높인다.

# 가장

환한 모습 뒤에
힘겨움이 숨어 있고
슬픔을 감추려고
움켜쥔 가슴이 보이는 당신

잠들기엔 이른 시간
감기는 눈꺼풀로
나를 감싸주며
미소로 화답을 합니다

그대 미소로
우리 가족은 모두
행복한 마음으로
꿈을 그리고 살아가지만

무거운 등짐에도
내색조차 하지 않는
우리 집 가장은
존경하는 내 사람입니다

# 도전

하지 못할 거라
생각하고 뒤로 미루고
그렇게 시간이 흘렀다

결국은 나에 몫이 되어
돌아와 내 곁에 머물 때
비로써 책임감을 느꼈다

무언가 하고 싶어도
어려웠던 그 순간들 속에
감히 도전장을 내밀고
당당하게 일어서려 한다.

어제에 내 모습이 아닌
지금 나의 모습에
피어오르는 새봄은
승리에 손짓을 하며 기뻐한다.

# 3월

맑아 보이는 하늘가
유난히 밝아 보이는
하늘가에 내게 주는 눈빛
따사로움에 끌립니다.

아직 어린 새순처럼
흙 내음과 키스하며
세상을 이끌어 가듯
연초록 원피스를 입어보고

시냇물 소리 귀 기울이며
살랑살랑 나들이
하는
3월은 나에게
비 온 뒤 맑은 하늘입니다

# 오늘

밀물처럼 왔다가
사라져 버리는
너의 뒷모습에 안쓰러움
마음 가득 메운다.

보고 싶은 간절함에
놓기 싫은 두 손을 잡고
애절함을 표현하지만
언제나 같은 모습이다

차가운 듯
그렇게 돌아선 모습에
빈 마음 내려놓는데
오늘은 다시 내게로 찾아오고

어제에 서운함마저
흔적 없이 잊어버리고
행복한 시간 여행을
24시간 떠나려 합니다.

# 가슴이 운다

멀리서 온다는 소식에
마음이 급해지기 시작한다

마음을 알아주는 듯
상처를 받아도 웃고
마음이 아파도 웃고
언제나 씩씩한 모습에 반한다

한 번쯤은 짜증을 내고
한 번쯤은 포기도 하고 싶을 텐데
바보처럼 여유 있는 척
모든 사람들을 품어준다

시간이 흐를수록
정겹고 따뜻한 내 동생
뭔가 해 주고 싶은
하나뿐인 유일한 벗이자 내 동생

# 3월이 오면

얼어붙었던 개울가
아지랑이 미소 지으며
고운 꽃비가 반기는
3월은 우리의 달

고운 뜨락에
한 아름에 꽃씨를 심고
꽃이 피기까지
시간을 사랑해야지

고이 담아 둔
가슴속 깊은 향기
그리운 그대 이름
3월이 오면 불러보겠지

그대 3월이 오면

# 봄꽃의 사랑

살포시 창문 여는 소리에
깜짝 놀라 뒤돌아보니
낯설지 않은 꽃에 향기에
화사함에 가슴이 뜨겁습니다.

서툰 몸짓으로 정성을 다해
해초에 사랑 듬뿍 주시고
부족한 사람 두 가슴에
달콤한 사랑이 행복합니다

심장을 두드리는 소리는
내 아들이 불러주는 축가이며
따뜻한 향기에 향긋함은
딸아이가 끓여준 미역국에 향

그리움에 산천초목 변해도
봄꽃을 사랑하는 3월은
변함없이 내 생일을 챙겨주는
내 남편의 모습 같았습니다.

# 운명

기억 속에 잊은 듯하다
우연히 걸려오는 벨소리에
자신이 숙연해지고
나에게 존경하는 사람이 있습니다.

세상을 다 품고 품어도
온갖 갈등을 전부 안고 살아도
밝고 명랑한 중년에 살고 있는
소중한 사람이 제겐 있습니다.

사랑한다는 말을 하기 전에
마음으로 와닿아서
가슴 찡하게 할 수 있는
센스가 만점인 사람이 있습니다.

나만 보고 아낄 수 있는 단 한 사람

# 내가 제일 좋다는 사람

한참을 걷다가
꽃 같은 미소 지으며
당신과 함께 걸으니
행복하다는 내 사람

지친 몸 이끌고
집으로 들어설 때에
당신이 없으니
집이 썰렁했다는 내 사람

부족해 보이는 모습도
당신이니 가능하다고
솜털처럼 가볍게
마음을 감싸주는 내 사람

국밥 한 그릇을 먹어도
나와 함께 먹을 때
세상을 다 가진 듯
기쁘다는 하나뿐인 내 남편

# 봄나들이

많이 기다렸어
겨우내 깊은 잠에 빠져
오는 줄도 모르고
향긋한 너의 향기에 눈을 떴어

흔들리는 꽃잎에
너에 소식을 듣고 있으면
축 처진 어깨를 펴고
붉은 입술을 내밀곤 하지

언제나 풋풋한 모습이
매력 있는 너
봐도 또 봐도 그립고
사랑스러운 나의 친구

오늘 푸르른 잎새에
너에 호흡소리 들으며
반가움에 환호성
봄이다 나들이 가자

# 함께 동행 하는 당신

바다에 넓은 빛이
내 가슴으로 새어 든다
이른 아침이 주는
향긋한 선물에 기쁨

혼자 아침을 맞이하면
지금처럼 가슴 깊이
포근함을 느낄 수 있을까
당신이 있기에 가능하겠지

이십 년이 훌쩍 넘고
매일 이 시간이 와도
늘 처음처럼 설레다
함께 동행 하는 당신이 있기에

당신에게 하고픈 한 마디
당신을 사 랑 해

# 소중한 인연

수많은 인연 중에
함께 동행 하면서
서럽고 아픈 날도 있었지만
기쁜 날이 더 많았다오

잘생긴 당신 얼굴에
거미줄 치듯 주름은 늘고
옹알이하던 내 아이들이
장대만큼 커다랗게 성숙되고

단 한 번도 투정 없이
배려해 주신 당신 덕분에
강하고 모진 내 성격도
꽃처럼 부드러워지고

마음 편히 쉬지도 못하고
눈치 보고 비위 맞추어 주느라
여보 당신 많이 힘들었지
많이 고맙고 미안합니다.

당신이 곁에 있어서
내 아이들이 함께 해줘
여기까지 올 수 있어서
참 많이 감사하고 사랑합니다

# 인연의 소중함

쉽게 생각하는 인연이라면
처음부터 시작을 하지 말고
두 손 맞잡은 인연이라면
티끌 없는 진실로 마음을 나눠라

그대로인 자연 속에
나이는 들어가는 세월이지만
공짜로 얻었다 생각을 말고
겸손함의 미덕으로 살아가세나

숙연해지는 마음 가득
남 탓이 아니고 내 탓이려니
홀로 선 노송에 자태를 보라
우리에 노년기를 닮아 간다네

좋은 일만 담고 살아간다면
슬픈 일은 어디에 담아 두려나
고통도 삼키면 단맛이 나거늘
뿌리치려 말고 안아주리라

세상엔 공짜가 없는 것이니
상처는 또 다른 상처를 주고
아픔은 또 다른 아픔을 주거늘
인연의 소중함을 잊지 말아라

# 진달래

차갑고 시린
모진 삶에 언덕을
돌고 돌아서
분홍빛 두 볼을 비빈다.

외로운 마음 달래고
붉게 타오르는 정열로
모든 사람들을 위해
산과 들에 꽃 피운다

냉이 캐는 아주머니도
출근하는 딸아이도
여행 가는 연인들도
감탄하며 좋아라 한다

# 산이 숨을 쉰다

두 팔을 크게 벌려
환호성을 지르며
묻어가는 사람들과
메아리를 부른다.

연둣빛 치맛자락에
고운 미소 머금고
등산화 조여 매는 아저씨
등도 토닥여준다

산들바람에
촉촉한 입술을 달래는
약수 한 모금에
짜릿한 향과 함께

두 팔을 크게 벌려
환호성을 지르며
묻어가는 사람들 속에
산이 숨을 쉰다.

# 정을 심어 가다

오가는 말 한마디에
살갗으로 느끼는 피부 되고
온몸에 흐르는 비가 되어
하나를 만들어 간다.

다른 환경에서 태어나
서로를 모르고 살았던 시절
긴 시간이 우리에게 있었지만
지금이 참 귀하다는 것은

정을 나누는 우리 사이
좋은 사이라서 행복하고
함께 꿈을 꾸며 동행하는 길

오늘 하루도 정을 심어 가다

# 감사함을 주는 오늘 밤

어둠이 대지를 덮은 지
꽤 오랜 시간이 흐르고
늦은 밤 도와달라는 말이
짜증을 감수하며 채찍질을 한다.

얼마나 힘들었으면
얼마나 다급했으면
나를 찾았을까 하는 생각에
선과 악에 갈림길에 방황을 한다

시간은 물처럼 흘러
어느덧 여백에 채워짐이 보이고
갈등했던 시간들이
미안해지는 지금 이 순간

무언가 해낸 듯이
기분이 날아갈 듯하고
행복을 가져다주는 지금
나의 삶의 모습에 감사한 밤이다

# 나도 너처럼

깡마른 몸짓에
푸른 치마저고리
한껏 뽐내보고
자랑도 해 보는 순간이다

뭇사람들 시선이
따가울 만큼
시샘을 하고 있지만
고운 향기로 뽐내고 있다

까다로운 하늘빛도
눈치 보지 않고
연초록 치맛자락을
흔들거리며 춤 춘다.

폭풍우에 흔들려도
환한 미소로 화답하는
나도 너처럼
밝은 꿈을 꾸며 살고 싶다

# 정직한 문제 흔들리는 답

믿는 마음으로
최고라고 생각을 하고
한 치 오차도 없이
다 맞는다고 생각을 했다

답지를 받아 드는 순간
머리에 신경세포가
두 팔을 들고 신경전을
펼치는 순간이 왔다

분하다는 마음에
다시 한번 답을 확인하고
잘못되었다고
스스로 판단해 버린다.

희로애락 즐거운 삶이
문제와 답으로
판단해 버리기엔
너무 아름다운 세상이기에

최선을 다 해준 마음에
감사과 겸손을 표하며
잘못되었다는 생각은
부끄럽게 내려놓은 시간이다

# 산악인의 길

가파른 언덕을 올라
정상으로 가는 푯말을 보고
노송 등위에 걸터앉아
막걸리 한잔에 인생을 그려 본다

높은 정상에 오르는 것보다
산악인들의 거친 호흡소리가
아름다워 보이는 순간
산속 깊이 들어가는 느낌이 든다

선망을 가진 나에게
자연과 벗을 삼아 거니는 순간
산은 어깨를 낮추며
사랑스러운 목소리로 속삭였다

매일 가파른 시간을 걸어도
최선을 다하는 모습이
저 높고 푸른 산야보다 높다는 것을
산을 오르는 산악인 안다

# 여백

하얀 백지 위에
점 하나로 선을 이어
긴 강물이 호흡을 하고
물결이 출렁인다

나란히 걷는 연인에
그 모습이 아름답고
새삼 옛 추억이 떠오르는
한 폭의 수채화를 그린다.

# 소중한 벗

귀찮을 만큼
피곤한 몸을 이끌고
하늘을 바라보다
헛발을 디디고 말았다

삶도 어긋나면
헛발에 공허함처럼
될 것 같아서
긴장을 멈추지 않는다

어긋나는 선이
마음에 안 들지만
가끔 둥글게 살아가는
벗을 만나면 행복감을 느낀다.

편안함과
세련된 그 느낌과
왠지 닮아가는 듯한
참 너는 나에게 소중한 벗이다

# 행복

하얀 속살을 드러내며
영혼의 몸짓까지
모든 걸 줘야 풀리는 삶

밤새 설레진 않아도
흐르는 세월 따라
익어가고 있지만

내 가는 길목마다
햇살 고운 속삭임으로

빛나는 행복입니다

5월 끝자락 어느 날에

# 치매교육

안개 빛 희미한 숫자가
잘 기억이 나질 않아
더듬어 가며
돋보기를 찾아낸다.

어리숙한 듯 보이지만
청춘은 날개를 달고
화려한 시절도
있었음을 돌아보게 한다.

자리에 앉아 있기에
나 또한 바뀔 입장이 되어
돌아보며 손 마디마디를
꼭 집어 기억을 해본다

지우개로 지운 듯
삶을 잊어버리지 않기 위해
지금 교육을 받고
실천하는 하루가 되어간다

# 다시 태어나도 너를

다시 태어나도
나는 너를 선택 하련다

언덕도 함께 오르고
비탈길도 함께 걸으며

다시 태어나도
나는 너를 선택 하련다

# 난 말이야 있지

난 말이야 있지
당신이 좋아 죽겠다는 말보다
너무 사랑한다는 말이 듣고 싶어

난 말이야 있지
당신이 툭 장난을 치는 거보다
살포시 안아주는 게 더 좋아

난 말이야 있지
당신이 따지지 말라는 말보다
꼼꼼한 성격이 좋다는 말이 듣고 싶어

난 말이야 있지
당신에 관심 있는 모습보다
멋진 이벤트 주인공이 되고 싶어

난 말이야 있지
나 자신보다 네가 더 좋아

# 향기로운 냄새

지긋이 눈을 감고
코끝을 향해 달려오는
향기로운 냄새에
흠뻑 취해 본다.

솔바람 따라 여행하는
아름다운 새소리
처마 끝 대롱대롱 열린
하얀 박 웃음소리

잔잔한 호수가 되어
편안한 쉼터를 만드는
내 어머니에 아침 준비 소리는
세상에서 가장 향기롭다

# 처음 느낀 사랑 내비게이션

얼어붙은 고목처럼
긴장이 밀려오고
다른 한쪽에는
설렘도 가득 차오른다.

단 한 번도 접하지 못한
처음 느끼는 이 느낌
누구에게 말도 못 하고
가슴만 두근거린다.

떨리는 내 손을 잡아
긴장을 풀어주고
아름다운 목소리로
향기를 품어 위로한다

너만 있으면 될 거 같아
차오르는 사랑을
가슴으로 느끼는 순간
처음 느낀 사랑 내비게이션

# 자두 처녀가 통조림이 되던 날

검붉은 빛 드레스에
금방이라도 터질 듯한
눈망울에 이슬이
한아름 차오르는 순간

덩치 커다란 사내는
요리조리 살펴보다가
두 손으로 번쩍 들어 올려
샤워를 시키고 물기를 닦아준다

두 몸을 밀착시켜
몸속으로 힘을 밀어 넣어
짜릿한 느낌에
붉은 물이 솟아오르는 순간

달콤한 입맞춤으로
혼란한 정신을 가라앉히고
검붉은 자두 처녀는
통조림으로 다시 태어난다.

# 먹 자두

소낙비에 투 둑
떨어지는 친구를 보며
애절한 눈빛을 하는
자줏빛 여름 아가씨

바람에 흔들리며
붉은빛 두 볼이
수줍은 듯 고개를 흔들며
기분 좋은 노래를 한다.

늘 기분 좋은 일이
가득한 몸짓으로
살랑살랑 미소 지으며
내게로 오라 손짓한다

두 손으로 꼭 잡아서
입술에 닿는 순간
먹 자두를 좋아하는
동생 생각에 발길을 멈춘다.

# 여름 아씨

길 따라 걷는
바람 뒤에는
향기를 품어주는
아름다운 아씨가 있다

길 따라 걷는
빗속에는
낭만을 불어주는
향긋한 아씨가 있다

길 따라 걷는
햇살 뒤에는
마음을 읽어주는
곱고 예쁜 아씨가 있다

찾아오는 삼복더위
그 속에서도
맑은 이슬처럼
자태를 뽐내는 여름 아씨

# 8월

금빛으로 화장하고
물결 치맛자락 나풀대며
수줍은 당당함으로
8월이 마중 나왔다

빼꼼히 문을 열고
주렁주렁 청포도 열기에
하얀 창 모자를 들고
살포시 소근 거린다

찰칵거리면서
셔터를 누르는 순간마다
환한 미소가 있고
추억 상자를 담아가는 8월

눈부신 고운 자태
뽐내듯 아름다운 폭포
마음에 드는 친구 동생과
힐링을 즐기는 여름 계곡

# 꽃에 아름다움

샛노랗게 피었던
꽃잎이 시들어 가지만
그 모습마저도
아름다운 시간이다

숨 쉬기 조차 힘든
트렁크 속에 먹거리들
가족들 노랫소리에
여행은 시작된다

어린자식들이 커서
장대만큼 자라고
작은 꽃봉오리가
커다란 꽃잎이 되어간다

그 모습을 바라보는
우리 엄니 모습은
지는 꽃잎이 아닌
활짝 핀 꽃처럼 아름답다

# 사랑 아닐까?

먹구름 채운 하늘엔
너에 모습이 보이지 않아
하루 종일 슬퍼서
울고 있었던 거야

빛이 좋은 오늘 밤엔
너의 모습을 볼 수 있어
가슴 설렘 가득해
기쁨으로 가득 차 있어

너의 모습이 보이는 순간
서광이 비추는 찬란함
너의 환한 미소 속에
나는 정신이 혼미해졌어

그리움으로 가득 채워
매일 보고 싶은 마음 담아
너를 생각하는 지금 이 순간
이거 사랑이 아닐까?

# 꽃과 물이 연인이 되어

곱게 단장한 꽃은
흐르는 시냇물 소리에
능수버들 손잡고
물과 함께 노래하고 있다

한들한들 코스모스
도도한 갈대의 두 어깨에
사연을 이야기할 때

화사한 미소를 머금고
물은 꽃을 힘차게 안고
허리 자락을 휘감아
연인이 되는 설레는 날이다

# 상처

마음을 놓아버리고
그대를 향한 내 마음을
예전처럼 돌리려 할수록
가슴은 가시덩굴 숲

미움 안에 잠재되어 있는
실망과 원망의 씨앗을
휴식을 취할 수 있도록
얽매지 않고 내려놓는다.

돌아서 기억을 회상할 때
새로운 온전한 사랑이 아닌
불쾌하고 아픈 상처이기에
마음으로 행복을 그립니다.

# 내 마음을 너는 아니

이 가을이 왜 슬픈지
너는 말할 수 있니

가을이 슬프다는 것은
내 마음이 아프다는 것을
너는 알고 있을까?

낙엽이 지면 외롭지
너도 그렇게 생각하니

낙엽이 지면 외로운 건
네가 미워지기 때문이야
내 마음을 너무 모르니까

# 코스모스

어린 동심의 소녀는
책갈피 사이에
코스모스 이파리 두 쪽
꽃잎 세 쪽을 고이 접는다.

가을이 지나고
어느 날 문득 펼쳐본
책갈피 속에 코스모스
환한 미소로 반긴다.

정성스럽게 써 내려간
하얀 편지글 위에
수놓은 예쁜 잎새에
향기를 묻혀 여행 보낸다.

간절한 기다림은
철 지난 코스모스처럼
시간이 많이 지나도
그 향기는 내 가슴에 있다

# 계족산에 오르다

형형색색 고운 줄기 따라
동고동락 하는 벗들과
나란히 손잡고 거닐며
가을을 마시러 떠나는 길

새삼 생각만 해도 좋았던
아름드리 꽃을 피우며
웃음 지었던 우리들의 추억
깊은 아름다움 낙엽에 채워

옷자락에 묻은 갈 향기에
서로를 보듬어 주며 안아주고
좁은 산길도 마음은 넓고
푸른 하늘처럼 드높은 하루

전국에서 제일 아름다운 꽃들
대전 계족산에 피어오르니
화사한 가을 언덕 눈부심이
산자락 몸매를 눈부시게 하네

# 시월을 사랑하는 가을나무

바람 불어 좋은 날
당신을 만난다는 기쁨에
곱게 수놓은 원피스에
꽃단장을 했습니다

문득 작은 틈새로
당신의 향기가 흐르고
설레는 가슴은
벌써 당신 곁에 있습니다.

시월이면 찾아오는
듬직한 모습에 당신은
샛노란 커튼 사이로
나를 안아 입맞춤을 합니다

꽃이 피고 지고
태풍이 몰고 간 흔적에
멋스러운 가을 나무는
시월을 사랑하고 있습니다.

# 가을이여 안녕

여물어 가는
가을 들녘에 올라
움켜쥔 옷자락을
창공에 날려 보낸다

대롱대롱 매달려
그대 팔을 잡고
색동옷을 갈아입으며
안간힘을 써보았다

간절하게 잡아도
우리들 사랑을 위해
푸른 하늘 벗 삼아
내년을 기약하며 안녕을

# 함께 있어 좋은 사람

등을 맞대고
서로 얼굴을 마주하고
함께 밥을 먹는 순간이
참 좋은 내 사람

말도 안 되는 투정
미덥지 않은 말 한마디까지
포근하게 감싸주는
정의롭고 진실된 사람

한 달 뒤 두 달 뒤
언제 다시 본다 해도
함께 있어 좋은 사람

바로 당신이 주인공입니다

# 12월

마른 가지 잎새 사이로
작은 들꽃이 피어나
창문 틈새로 새어 들어
향기로운 향기가 스친다.

열두 장의 잎이 하나씩
흐르는 시간 속에 떠나고
내 사랑하는 가족들과
바쁜 듯 살아온 한 해였다

한 장 떼어내며 사랑을
두 장 떼어내며 감사를
뒤돌아보면 아쉬운 시간
서러움과 기쁨도 있었다.

부드러운 치즈처럼
안녕을 인사하는 12월
첫눈 소식에 기뻐하고
크리스마스를 기다린다.

마지막 남은 달력 한 장
12월이 주는 소중한 시간
귀한 사람들과 함께
마음을 나누며 마무리 하련다

# 겨울나무

긴 시간 인내하며
모진 바람 막아내고
찬 서리도 안아주며
언제나 그 자리에 있다

한결같은 마음으로
온 힘을 다해서
사랑하고 좋아하며
미소로 화답하는 그대

실오라기 하나 없이
입성마저 다 주고
마음을 다 주고도
한결같은 마음을 준다.

돌아오는 내년 봄엔
화사한 연초록 자켓
곱게 지어 입혀줘야지
내 마음 그대 겨울나무

# 만나면 기분 좋은 사람

생각만 해도 설레고
마음이 흐뭇한 사람
늘 처음 같은 느낌으로
행복을 주는 한 사람

함께 하는 시간에도
그리움에 채워 살고
멀리 있는 시간에도
그리움에 묻혀 삽니다.

바라만 보고 있어도
마술 같은 능력으로
미소를 잃지 않게 하고
행복을 주는 한 사람

그런 사람이 내게 있어
가슴에 기쁨을 담고
사랑으로 가득 채워
고운 삶을 스케치 합니다

# 안개

영혼이 밀려오듯
집어삼킬 듯한
뽀얀 연기 사이로
깊숙이 빠져 들고 있다

희미한 거리에
머뭇거리듯 서성이다
숨어버린 미소를
가슴으로 느낄 수 있다

엄습해 오는 순간
아무 소리도 들리지 않고
작은 한 줌의 빛으로
살갗으로 느낌이 온다.

닫힌 문이 열리면서
눈부신 햇살이 비추고
안개는 사라져 가고
그리운 그대가 보인다.

# 길

흐르는 물처럼
길섶 모퉁이
수줍은 바람처럼
잠시 쉬어 가는 길

어디까지 왔는지
어디로·가는지
정처 없이 떠돌다
흔적 없이 가겠지

내가 사는 동안
자연 속에 더불어
마음을 나누고
바람처럼 살고 싶다.

# 우산

깡마른 체구로
온 힘을 다해서
무대 위에 올라
작품에 빠진다

커다란 모자에
기우는 몸을
간신히 이겨내며
비바람을 피한다

아무리 외면해도
다가오려 애쓰는
안쓰러운 모습에
마음이 약해진다

햇살이 윙크하자
모자를 벗고
수줍은 듯 살포시
품에 안기는 내 우산

# 동행

비 내리는 수요일
적시는 빗방울 소리에
창문을 바라보며
마음 졸이는 걱정을 합니다.

함께 동행 하는 이 길
감사함으로 행복과
은혜로움으로 사랑을
베풀고 화목을 기도합니다.

마음에서 전해오는 말
향기롭고 따뜻하게
정겹고 다정한 모습으로
내 가족을 위해 살렵니다.

# 이별을 기도해

혼잡한 세상 속에
무리를 지어 다니던 사람들이
서로 피하게 되는 세상을
불안에 떨고 걷고 있다

믿음이 사라진 지 오래
더 긴 시간 함께 하게 된다면
치명적으로 큰 아픈 현실이
전쟁을 치를 거 같은 느낌

벌레가 온몸에 기어 다니고
소름 끼칠 만큼 두려운 게
곤충도 아니고 세균도 아닌
사람이 사람을 피해 사는 것이다

얼마나 이 시간이 지속될지
빨리 이 악몽에서 벗어나려면
코로나 바이러스 19 너와
이별하기를 간절히 기도한다.

# 사랑하는 그대

환한 눈동자 속에
삶의 굴레가 춤추고
어설픈 몸짓에서
사람 냄새가 풍긴다.

일탈을 꿈꾸는
세상의 치맛자락을
힘껏 부여잡고
동기부여를 자아내고

윤슬처럼 따사로운
깊은 마음을 주고
하루 열두 번은
보고 싶은 사람으로

내 마음에 자리 잡고
마음을 동행하며
숨 쉬는 그날까지
당신을 사랑하렵니다.

# 꽃

새초롬한 몸짓으로
가련한 마음을
당당함으로 숨기고
꿈을 위해 가는 너

부족함이 미안하고
서툰 모습이 안쓰러워
숙연해지곤 하지만
너는 나를 위로한다.

밝은 모습으로
친구가 되어주는 너
향기마저도 빛나는
내 딸이 꽃이로구나

# 꽃

예쁜 뜨락에
곱게 피어 있어도
아름다운 꽃이고

갈대숲 사이에
홀로 피어 있어도
매력 있는 들꽃이다

화사함이 있어도
초라함이 있어도
꽃은 모두 아름답다

# 삶을 치유하다

움츠러드는 육신을
간신이 이끌어 내며
막힌 현실 속에서
발버둥을 치고 있다

날이 새기를 간절히
기도 속에 파묻혀
지금 이 시간 속에서
일탈을 소망하고 있다

늪에 빠져 허우적대도
동행하는 가족이 있어
코로나 위기 속에도
우리들 삶은 치유하다

# 진실은 늘 겸손하다

머뭇거리는 시간
물 흐르듯 흐르고
자연이 주는 경쾌함
그 속에 빠져든다

감미로운 음악에
취하듯 빠져들어
연출자 감성에 젖어
한 폭의 영화를 만든다

세상 속에 빠져들어
주인공으로 삶을 그려
초심을 잃지 않고 살면
진실은 늘 겸손하다

# 돌아와 준 5월

한참을 걸어와
겨울 모퉁이를 지나오니
초록 치마 나부끼며
수줍은 듯 웃어준다

가버린 게 아니었어.
기다림에 목이 메고
하늘만 쳐다보아도
눈물이 날 때도 있었지

연초록 블라우스
새초롬한 가냘픈 몸매
환상적인 그녀 모습에
감동의 5월을 맞이한다.

# 여름

산들바람 사이로
솔바람과 어깨동무
잎새들도 춤추고
노래하는 6월이 왔네.

초록 가방 등에 메고
먼 여행길 다녀온
물 젖은 바람 소리
여름이 다시 왔구나.

# 첫눈에 반한 개망초

한적한 시골길
앙증맞은 모습에
한 번 더 눈길이 가고
바라보고 싶었다.

모두가 스쳐가는
인연이라 한다 해도
아니면 안 될 거 같은
귀여운 너에 모습

눈길을 마주치니
살짝 미소 지으며
허리춤 흔드는 모습
여리고 사랑스럽다

# 태풍

잉태된 바람결에
나를 묻고 떠나고픈
여름향기를 곁에
아련히 두고 간다.

여름 꽃잎의 향기를
바람결에 거친 질투
흔들리는 창가에
잠시 머뭇거려 본다.

소망하는 간절함으로
이 시간을 안아주면
태풍도 소리 없이
잔잔한 바람이 된다.

# 수평선은 여름을 좋아해

태양빛이 미소 짓고
불멸의 노래 따라
출렁이는 파도 가슴
수평선은 그립다

멀리 떠나지 못해
가슴에 그리움 안고
갈매기 동무 삼아
속삭이는 사랑노래

흰모래 휘날리며
든든한 바위에 기대
살 같은 폭우 내리는
여름을 참 좋아한다.

# 마이삭의 투정

새로 온 포말로 다가와
메마른 일상을 보듬고
짙푸른 눈빛으로 바라보며
억센 친구도 포옹해준다

모진 매와 채찍을 감수하고
아무 일도 없었던 거처럼
바다는 마이삭의 투정도
소리 없이 다 들어주고 있다

# 그리운 첫사랑

붉은 염색 천 치마
곱게 단장한 단아함
매력적인 긴 다리
뽐내는 모습 예쁘다

그리운 마음을 담아
찾아가고픈 간절함
붉은 립스틱 바르고
9월의 무대에 오른다.

겹겹이 향기로 엮어
가시에 찔러도 좋았던
말없이 그리운 마음
나의 첫사랑 장미꽃

제목 : 그리운 첫사랑
시낭송 : 박영애
스마트폰으로 QR 코드를 스캔하면
시낭송을 감상할 수 있습니다.

# 봄날의 길

### 최갑연 시집

2020년 11월 2일 초판 1쇄
2020년 11월 6일 발행
지 은 이 : 최갑연
펴 낸 이 : 김락호
디자인 편집 : 이은희
기 획 : 시사랑음악사랑
연 락 처 : 1899-1341
홈페이지 주소 : www.poemmusic.net
E-Mail : poemarts@hanmail.net

정가 : 10,000원
ISBN : 979-11-6284-246-1